KB212595

푸르른 날엔 푸르게 살고
흐린 날엔 힘껏 산다

양광모 인생 시집

푸르른 날엔 푸르게 살고
흐린 날엔 힘껏 산다

푸른길

시인의 말

인생에는 두 명의 스승이 있습니다.
한 스승의 이름은 오늘, 다른 스승의 이름은 영원.

한 스승은 "붙잡아라." 말하고
다른 스승은 "내려 놓아라." 말합니다.
어느 스승의 말을 따라야 할까요?

그에 대한 생각을 이 시집에 담았습니다.
푸르른 날엔 푸르게 살고 흐린 날엔 힘껏 살자는.

다정히 바라느니,
여러분의 삶이 한 편의 詩가 되기를!

차례

시인의 말 __5

I 힘과 용기, 희망을 주는 시

멈추지 마라 __15

희망 __16

희망 2 __17

나보다 더 푸른 나를 생각합니다 __18

새벽 __19

자명종 __21

살아 있는 한 첫날이다 __22

가장 위대한 시간 __23

소나무를 생각한다 __24

삶이 내게 지쳤냐고 묻는다 __25

삶이 내게 소리치라 말한다 __26

방법은 없다 __27

그대가 태풍을 원한다면 __28

우리가 자유를 자유롭게 __30

이길 수 없는 것들 __31

봄은 어디서 오는가 __32

봄 __33

별 __34

별빛을 개어 __35

힘을 냅니다 __36

고드름 __37

아직은 살아가야 할 이유가 더 많다 __38

한 번은 詩처럼 살아야 한다 ___39

심장이 두근거린다면 살아 있는 것이다 ___40

II 실패와 상처를 위로해주는 시

가장 넓은 길 ___45

작은 위로 ___46

꽃이 그늘을 아파하랴 ___47

바닥 ___48

작은 슬픔일 뿐 ___49

눈물 흘려도 돼 ___50

잊지 마라 ___51

눈물을 위한 기도 ___52

애기동백 ___53

슬픔이 강물처럼 흐를 때 ___54

분수噴水 앞에서 ___55

소금꽃 ___56

꽃화분 등에 지고 ___57

그대 아시는지 ___58

살아가는 일이 어찌 꽃뿐이랴 ___59

다시 일어서는 삶 ___60

내가 나를 업고 ___61

겨울나기 ___63

겨울 나목 ___64

의문 ___65

다음은 제236번 붉은 달 슬픔입니다 ___66

건너가는 법 ___67

가슴 뭉클하게 살아야 한다 ___68

그대 가슴에 어둠이 밀려올 때 ___70

그 길 ___72

Ⅲ 사람과 사랑이 힘들게 할 때 읽는 시

사람이 그리워야 사람이다 ___79

행복의 길 ___81

동행 ___82

1/10 ___83

괜찮냐고 ___84

안부를 묻다 ___85

아버지, 깊고 푸른 바다 ___86

어머니 ___87

부부 ___88

연리지 부부 ___89

짝 ___90

고마운 일 ___91

이제야 알았네 그려 ___92

떡국을 먹으며 ___93

추석 ___94

인연 ___95

눈길 ___96

참 좋은 인생 ___97

꽃 ___98

미움이 비처럼 쏟아질 때 ___99

용서 하나 갚겠습니다 ___100

사과 ___101

그래도 사랑입니다 ___102

사랑은 만 개의 얼굴로 온다 ___103

내 안에 머무는 그대 ___104

당신이 보고 싶어 아침이 옵니다 ___105

기다림 ___106

Ⅳ 인생과 행복에 관한 지혜를 알려주는 시

인생 ___109

무료 ___110

인생 예찬 ___111

눈부시다는 말 ___112

행복 ___113

별로 살아야 한다 ___114

당근 ___115

인생의 무게를 재는 법 ___116

하루쯤 ___117

생일生日 ___118

고마워요, 이 세상에 태어나줘서 ___121

인생을 배웁니다 ___122

만학晩學 ___123

누군가 물어볼지도 모릅니다 ___124

우리에게 없는 것들 ___125

나는 배웠다 ___128

우산 ___131

V 커피와 술, 음식에 관한 시

밥만 먹자고 이 세상까지 왔겠는가 __139

커피 __140

커피를 마시듯 __141

블랙커피 __143

커피 한 잔만큼의 사랑 __144

삶이 내게 뜨거운 커피 한 잔 내놓으라 한다 __145

푸른별 카페 __146

술잔 마주 놓고 __147

술 __148

권주가 __149

캬 __150

자작을 좋아하다 __151

라면 __152

고구마 __153

국수 __154

순댓국 __155

해장국 __156

밥향 __157

VI 동식물, 자연, 장소, 여행의 시

52 고래 __161

사람은 무엇으로 사는가 __162

새 __163

잠자리 __164

민들레 __165

6월 장미에게 묻는다 __166

존넨쉬름 __167

능소화 __168

해바라기 __169

국화 __170

코스모스 __171

동백 __172

소나무 __173

산 __174

바다 __175

바다 9 __176

바다 31 __177

와온에 가거든 __178

비양도 __179

원대리에 가시거든 __180

겨울 원대리 __181

선운사 __182

선암사 __183

하동에서 쓰는 편지 __184

Ⅶ 시간과 계절, 기도의 시

봄 편지 __189

가을 __190

가을은 단 하나의 언어로 말하네 __191

겨울 편지 __193

비 오는 날의 기도 __194

눈 내리는 날의 기도 __196

아침의 기도 __198

부부를 위한 기도 __199

사랑을 위한 기도 __201

신년 축시 – 축복의 촛불을 밝히세 __203

새해 __205

2월 예찬 __206

4월이 오면 __207

5월의 말씀 __208

7월의 시 __209

8월의 기도 __210

9월의 기도 __212

10월 예찬 __214

12월의 기도 __215

12월 31일의 기도 __217

I

힘과 용기, 희망을 주는 시

멈추지 마라

비가 와도
가야 할 곳이 있는
새는 하늘을 날고

눈이 쌓여도
가야 할 곳이 있는
사슴은 산을 오른다

길이 멀어도
가야 할 곳이 있는
달팽이는 걸음을 멈추지 않고

길이 막혀도
가야 할 곳이 있는
연어는 물결을 거슬러 오른다

인생이란 작은 배
그대 가야 할 곳이 있다면
태풍 불어도 거친 바다로 나아가라

희망

한 줌 한 줌
빛을 퍼뜨리며

조금씩 천천히
절망을 헤쳐내는 것이다

밤을 이기는 것은
낮이 아니라 새벽이요

어둠을 이겨내는 것은
한낮의 태양이 아니라 새벽 여명이다

희망 2

희망은 꿈꾸는 자의 것
끝끝내 이뤄야 할 꿈 있다면
희망은 언제나 태양처럼 다시 떠오르는 것

희망은 사랑하는 자의 것
기어이 지켜야 할 사람 있다면
희망은 언제나 꽃처럼 다시 피어나는 것

희망은 투쟁하는 자의 것
결연히 주먹을 쥐고 싸워나간다면
희망은 언제나 봄처럼 다시 찾아오는 것

희망은 사실 힘들고 어려운 것
그러나 불가능한 것은 아니네

희망은 절망을 겪어본 자의 것
눈물과 땀으로 어둠을 씻어내면
희망은 언제나 새벽처럼 다시 찾아오는 것

나보다 더 푸른 나를 생각합니다

나보다 더 힘든 사람을 생각합니다
나보다 더 가난하고
나보다 더 병들고
나보다 더 고독한 사람을 생각합니다

나보다 더 애쓰는 사람을 생각합니다
나보다 더 힘을 내고
나보다 더 밝게 웃고
나보다 더 눈물을 참는 사람을 생각합니다

나보다 더 힘껏 살아가고
나보다 더 삶을 사랑하고
나보다 더 푸른 나를 생각합니다

새벽

또 하나의 벽
저절로 찾아오는 법이란 없지

절망을 딛고
슬픔을 딛고
두려움을 박차고 올라야만
저편으로 넘어갈 수 있는
어둠과 빛 사이의
석벽石壁

기다리지 말고
넘어가라
넘어갈 수 없다면
망치를 들고 깨부숴라
망치가 없다면
온 몸으로 부딪쳐라

그 몸 깨어질 때
찬란한 여명
세상에 퍼져 나오리니

새벽이란 밖이 아니라
안에 있다

스스로 불 밝혀 나가는 삶
새벽이다

자명종

6시건 7시건
정해진 시간이면
나를 깨워주지만
뒤집어 보면
내가 먼저 깨우는 것이다

6시건 7시건
그 때는 일어나야 한다고
내가 먼저 자명自鳴해 놓는 것이다

삶이건
영혼이건
사랑이건
깨어나기 바라는 것 있다면
그대 먼저 울어라

5시건 6시건
새벽이건 밤이건

살아 있는 한 첫날이다

살아 있는 한 첫날이다
사랑하는 한 첫사랑이요
기다리는 한 첫눈이다

어제는 흘러간 강물
내일은 미지의 대륙
오직 오늘만 내 손 안에 있나니

살아 있는 한 마지막 날이다
사랑하는 한 마지막 사랑이요
기다리는 한 마지막 눈이다

가장 위대한 시간

꽃은 언제 피어나는가
태양은 언제 떠오르는가
바람은 언제 불어오는가

다시!

사랑은 언제 찾아오는가
희망은 언제 솟아나는가
용기는 언제 생겨나는가

또 다시!

소나무를 생각한다

사는 게 힘에 부친다
싶은 날엔

바위를 뚫고 자라는
소나무를 생각한다

그 뿌리가 겪었을
절망과 좌절을 생각한다

거대한 벽 앞에 부딪쳐
털썩 주저앉고 싶었으나
끝끝내 밀고 나갔던
그의 외로움과 두려움을 생각한다

그만큼은 아니지
그만큼도 아니면서, 생각한다

삶이 내게 지쳤냐고 묻는다

멈추지 않는 비 없고
지나가지 않는 바람 없는데
벌써 지쳤냐고

봄마다 꽃은 다시 피어나고
가을마다 단풍은 다시 물드는데
벌써 지쳤냐고

돈에 지쳐도
사람에 지쳐도
네가 걸어가는 길에는
결코 지치지 말라고

죽는 날까지
변함없이 사랑해야 할 것이
어찌 사람뿐이겠느냐고

삶이 내게 푸른 의지를 묻는다

삶이 내게 소리치라 말한다

창백한 푸른 점,*
한 점 먼지뿐인
내게 삶이 소리치라 말한다

작고 약하였으나
어리석고 느렸으나
그리도 많은 눈물 흘리며
운명과 싸워왔느니
삶이 내게 소리치라 말한다

우주여 보아라
여기 한 인간이 살다 간다
영원이여 새겨들어라
여기 불의 심장을 지녔던 한 인간이
순간의 불꽃을 불화산처럼 피우며 살다 간다

*Pale Blue Dot: 1990년 2월 14일 보이저 1호가 찍은 지구의 사진을 부르는 명칭

방법은 없다

방법은 없다
중요한 건 사랑에 빠지는 일
매일 아침 떠오르는 어제의 태양과
표정 없는 얼굴로 길을 걸어가는 어제의 사람들과
오늘 다시 일어날 어제의 일들을
사랑에 빠진 첫 순간처럼
열렬한 눈빛으로 바라보는 것뿐

천국은 없다
중요한 건 사랑을 포기하지 않는 일
희망의 작은 부스러기에서 용기를 얻는 일
더 이상 미소 짓기 힘든 것들에게 손을 내미는 일
내일 다시 일어날 오늘의 일들을
생의 마지막 기쁨인 듯
온몸으로 품 안에 끌어안고
뜨겁게 입 맞추는 것뿐

그대가 태풍을 원한다면

인과율을 믿을 것

작은 나비의 날갯짓이
거대한 태풍을 불러일으킨다는
나비 효과 이론을 신봉할 것

그렇다면 그대의 할 일은
오직 한 가지뿐

그대의 두 팔을 높이 들어올려
힘차게 날갯짓을 할 것

그대의 삶에
행운의 태풍이 밀려오기를
행복의 폭풍이 몰아치기를 바란다면

꽃을 심을 것
물과 거름을 줄 것
나비를 응원할 것
나비와 함께 날갯짓을 할 것

기후 위기에 대응하는 인류의 행동에 동참할 것

그 무엇이든 좋으니
반드시 첫 번째 도미노를 쓰러뜨릴 것

우리가 자유를 자유롭게

기쁨이 우리를 기쁘게 만들고
슬픔이 우리를 슬프게 만들고
행운이 우리를 미소 짓게 하고
불운이 우리를 찡그리게 만들고
사랑이 우리를 사랑하게 만들고
이별이 우리를 이별하게 만들고
삶이 우리를 살아가게 만들고
죽음이 우리를 죽게 만든다면
오, 우리는 어떤 파랑새를 잡으려
어둠을 견디며 내일을 기다리는 것이냐
자유가 우리를 자유롭게 만들지 못한다면!
우리가 자유를 자유롭게 만들지 못한다면!

이길 수 없는 것들

어둠은 빛을 이길 수 없고
겨울은 봄을 이길 수 없다
상처는 사랑을 이길 수 없고
절망은 희망을 이길 수 없다
불운은 열정을 이길 수 없고
불행은 감사를 이길 수 없다
머리는 심장을 이길 수 없고
불가능은 끈기를 이길 수 없다
나의 시련은 나의 꿈을 이길 수 없고
나의 고난은 나의 신념을 이길 수 없다

봄은 어디서 오는가

아직은 살 만한 세상이라고
해마다 꽃들이 다시 핀다
젖은 마음을 햇살에 말리고
웃음꽃 한 송이 얼굴에 싱긋 피우면
사람아, 너는 봄의 고향이다

봄

어둠이 아니라 빛을 봄
어제가 아니라 내일을 봄
미움이 아니라 사랑을 봄
내가 아니라 우리를 봄

비바람 불고 눈부라 치는 날에도
나의 눈에는 언제나 봄

별

나를 바라보며
소원을 빌지는 마

어둠 속에서도
스스로 빛나는 사람이 되어야 해

꽃도 동굴 속에 갇혀 있다
혼자 피어나는 거란다

별빛을 개어

빨래를 개어
옷장에 넣어두듯

마음을 개어
고요한 곳에 모셔두었다가

어둠을 만나면 어둠을 개고
슬픔을 만나면 슬픔을 갤 일이다

사람아,
생의 겨울이 와도
눈보라쯤은 거뜬히 이길 수 있도록

아침이면 햇살을 개고
밤이면 별빛을 개어
우리 가슴 한켠에 따듯이 모셔둘 일이다

힘을 냅니다

인생이란
종종 운명과의 한 판 승부

가위 바위 보 중에서
그가 무엇을 낼지는 모르겠으나

나는 언제나
용기를 냅니다

나는 언제나
힘을 냅니다

고드름

거꾸로 매달려 키우는 저것이
꿈이건 사랑이건

한 번은 땅에
닿아보겠다는 뜨거운 몸짓인데

물도 뜻을 품으면
날이 선다는 것

때로는 추락이
비상이라는 것

누군가의 땅이
누군가에게는 하늘이라는 것

겨울에 태어나야
눈부신 생명도 있다는 것

거꾸로 피어나는 저것이
겨울꽃이라는 것

아직은 살아가야 할 이유가 더 많다

아직은 살아가야 할 이유가 더 많다
아직은 포기할 수 없는 꿈이
아직은 가슴 뛰는 아침이
아직은 노래 부르고 싶은 밤이
아직은 사랑해야 할 사람이 더 많다

살아 있다는 것은
살아가야 할 이유가 있는 것
살아간다는 것은
살아가야 할 이유를 완성하는 것

아직은 떠나야 할 여행이
아직은 잊고 싶지 않은 추억이
아직은 다시 만나고 싶은 사람이
아직은 미워할 수 없는 것들이 더 많다*

*정진규 「몸시·24-고향에 가서」

한 번은 詩처럼 살아야 한다

누구라도
한때는 시인이었나니
오늘 살아가는 일 아득하여도
그대 꽃의 노래 다시 부르라

누구라도
일평생 시인으로 살 순 없지만
한 번은 詩처럼 살아야 한다
한 번은 詩인 양 살아야 한다

그대 불의 노래 다시 부르라
그대 얼음의 노래 다시 부르라

심장이 두근거린다면 살아 있는 것이다

눈물이 '핑' 돈다면
살아 있는 것이다

코끝이 '찡' 하다면
살아 있는 것이다

가슴이 '뻥' 뚫린 것 같다면
살아 있는 것이다

어깨를 '활짝' 펼 수 있다면
살아갈 수 있는 것이다

주먹을 '불끈' 쥘 수 있다면
살아갈 수 있는 것이다

두 발을 '성큼' 내딛을 수 있다면
살아갈 수 있는 것이다

보아라!
슬픔을 이겨내기 위해서도

두 배의 낱말이 필요하지 않느냐

삶의 희망 또한 두 배의 절망쯤은
거뜬히 이겨내어야 진흙 속에서도 연꽃처럼 피어나느니

심장이 '두근'거린다면
살아 있는 것이다

심장이 '두근두근'거려야
한 세상 뜨겁게 살아갈 수 있는 것이다

II

실패와 상처를 위로해주는 시

가장 넓은 길

살다 보면
길이 보이지 않을 때가 있다
원망하지 말고 기다려라

눈에 덮였다고
길이 없어진 것이 아니요
어둠에 묻혔다고
길이 사라진 것도 아니다

묵묵히 빗자루를 들고
눈을 치우다 보면
새벽과 함께
길이 나타날 것이다

가장 넓은 길은
언제나 내 마음속에 있다

작은 위로

아무도 울지 않는 밤은 없다*
오늘 그대가 운다면
그것은 그대의 차례

한 번도 눈물 흘러내린 적 없는 뺨은 없고
한 번도 한숨 내쉬어본 적 없는 입은 없고
한 번도 고개 떨궈본 적 없는 머리는 없다

오늘 그대가 잠들지 못한다면
그것은 그대의 차례
모두가 잠든 밤은 없다

*이면우 시 「아무도 울지 않는 밤은 없다」

46

꽃이 그늘을 아파하랴

꽃이
그늘을
아파하랴

나무가
그늘을
두려워하랴

내 영혼의 그늘
서러울 것
없어라

산도
그늘을 이끌고
살아가거늘

그늘도
그늘과
함께 눕거늘

바닥

살아가는 동안
가장 밑바닥까지 떨어졌다 생각될 때
사람이 누워서 쉴 수 있는 곳은
천장이 아니라 바닥이라는 것을
잠시 쉬었다
다시 가라는 뜻이라는 것을
누군가의 바닥은
누군가의 천장일 수도 있다는 것을
인생이라는 것도
결국 바닥에 눕는 일로 끝난다는 것을
그래도 슬픔과 고통이
더 낮은 곳으로 흘러가지 않는다면
지금이야말로 진짜 바닥이라는 것을

작은 슬픔일 뿐

만약 내일 폭우가 쏟아진다면
오늘 내리는 소나기는
비도 아니리

만약 내일 폭설이 쏟아진다면
오늘 내리는 싸락눈은
눈도 아니리

오늘 우리가 겪는 슬픔도
슬픔이 아니리
만약 내일 더 큰 불행이
우리를 찾아온다면

눈물 흘려도 돼

비 좀 맞으면 어때
햇볕에 옷 말리면 되지

길가다 넘어지면 좀 어때
다시 일어나 걸어가면 되지

사랑했던 사람 떠나면 좀 어때
가슴 좀 아프면 되지

살아가는 일이 슬프면 좀 어때
눈물 좀 흘리면 되지

눈물 좀 흘리면 어때
어차피 울며 태어났잖아

기쁠 때는 좀 활짝 웃어
슬플 때는 좀 실컷 울어

누가 뭐라 하면 좀 어때
누가 뭐라 해도 내 인생이잖아

잊지 마라

잊지 마라
너만 그런 것이 아니다
청춘만 그런 것도 아니고
여자만 그런 것도 아니다
가난한 사람만 그런 것도 아니고
아픈 사람만 그런 것도 아니다
실패한 사람만 그런 것도 아니고
불행한 사람만 그런 것도 아니다
떠나보낸 사람만 그런 것도 아니고
떠나온 사람만 그런 것도 아니다
사람이라 그런 것이고
인생이라 그런 것이다
모두가 다 그렇고
누구나 다 그런 것이다

눈물을 위한 기도

어디서 솟아나는가

부르튼 발바닥
거칠고 굵어진 손가락
채워지지 않는 허기진 뱃속
시린 뼈마디 사이

주름진 뺨과 목 씻어주고
시들고 메마른 가슴 적셔주니
공연히 손등으로 훔치지 말 것
절대로 눈물 따위는 훔치지 말 것

그런데도 어디서 늘 가득 솟아나는가
가난하여도 맑고 깊은 영혼의 샘에서
우리 아무것도 세상에서 훔치지 않았노라고

애기동백

너의 슬픔에 입 맞춰준 적 있는가

애기동백 앳된 얼굴에
자석처럼 끌려
홀린 듯 황홀히 입을 맞추면
문득 들려오는 소리

너의 눈물에 입 맞춰준 적 있는가

엄동설한에 피어나서도
세상을 향해 방긋방긋 웃고 있는
애기동백을 보자면
스스로 사랑하지 못할 삶도 없을 것인데

너의 겨울에 입 맞춰준 적 있는가

눈보라 휘몰아치던 너의 생 어느 날에
붉은 입술로 입 맞춰준 적 있는가

슬픔이 강물처럼 흐를 때

슬픔이 강물처럼 흐를 때
차라리 나는 깊은 강이 되리

슬픔이 파도처럼 밀려올 때
차라리 나는 넓은 바다가 되리

슬픔이 절벽처럼 찔러올 때
차라리 나는 높은 산이 되리

그러면 끄떡없지
그러면 아무 일 없지

슬픔이 아무리 큰들
내 생보다야 더 크겠나

입술 지그시 깨물고
꿀꺽 목넘겨 그 슬픔 삼키리

그러면 끄떡없지
그러면 아무 일 없지

분수噴水 앞에서

높이 올라야
멀리 퍼질 수 있다는 것을
정상이 절정을
의미하지는 않는다는 것을
상승보다 하강이
더 아름다울 수 있다는 것을
무지개를 피워내는 것은
물기둥이 아니라 물보라라는 것을
가장 낮은 곳으로 내려왔을 때
다시 솟구쳐 올라가야 한다는 것을
너에게 인생의 분수를 배운다

소금꽃

소금 한 됫박
가슴에 담아두고
어머니 국 간을 맞추듯
세상에 슬금슬금 뿌리면 될 줄 알았는데
산다는 거 염전 하나 일구는 일이더라

바다 열 마지기만큼
눈물을 끌어모아
햇볕 바람 한 점 없는 날에도
소금꽃 활짝 피우는 일이더라

소금 한 말로도
상한 마음 아물지 않아
살아온 날은 맹맹하고
살아갈 날은 간간하게 느껴질 때
소금꽃 더욱 굵게 피우는 일이더라

꽃화분 등에 지고

삶이 짐짝 같은 거라고는
짐작도 못 했는데
그 짐짝 속에서도
어여쁜 꽃 피어난다는 걸
진작에 알았더라면
짐짝 조금 무겁다기로
징징 투덜대지는 않았으리
꽃화분 등에 지고
꽃바구니 어깨에 이고
가자 생이여,
가난한 세상에 꽃 나르러

그대 아시는지

꽃을 아름답게 피우는 건
햇볕이지만

꽃을 향기롭게 피우는 건
별빛인 것을

꽃처럼 산다는 거
열매를 맺으려
일생을 애쓰는 일임을

그대 이미
꽃처럼 살고 있음을

살아가는 일이 어찌 꽃뿐이랴

봄이면 꽃으로 살고
여름이면 파도로 살고
가을이면 단풍으로 살고
겨울이면 흰눈으로만 사는
생이 어디 있으랴

어떤 날은 낙화로 살고
어떤 날은 낙엽으로 살고
어떤 날은 얼음으로도 살아야 하는 것

그런들 서럽다 말아라
때로는 밀물로 살고
때로는 썰물로 살 수 있느니

다시 일어서는 삶

잠시 기다려줄 수 있겠니
눈물이여 이별이여 죽음이여

다시 돌아와줄 수 있겠니
기쁨이여 사랑이여 영광이여

다시 손 내밀어줄 수 있겠니
순수여 자유여 정열이여

다시 말해줄 수 있겠니
희망이여 용기여 신념이여

이 모든 것들을
다시 나의 품으로 돌려줄 수 있겠니
그대, 스스로 일어서야 할 나의 영혼이여

내가 나를 업고

나 또한
허공에 선 채 흔들리던
그림자에 불과했음을 안다

빛을 등지고
어둠을 헤쳐야 할 때
앞장서 이끌던 것은
언제나 너였나니

짓밟혀도 짓밟혀도
가장 먼저 땅에
쉴 자리를 마련한 것은
오히려 너였나니

선 그림자,
누운 그림자
일으켜 등에 업는다

생이란
내가 나를 업고

내가 나를 안고
끝까지 걸어가야만 하는
길이라는 것을 안다

겨울나기

나무는 무슨 까닭으로
그나마 홑겹옷 모두 벗어던지고
매서운 겨울 헐벗이 나려 하는지

어떻게도 이해할 수 없는
나는 해마다 11월이면
부끄럽거나 부럽기로 결심을 한다

나무야,
이길 수 없는 것으로
이겨내야만 하는 운명 같은 것이 있느냐

겨울 나목

알몸으로도
겨울 이겨내는
네 삶 눈부셔라

한 백 년쯤이야
하늘 높이 쭉쭉
가지 뻗으며 살아야 한다고

헐벗은 가슴으로도
둥지 한두 개쯤
따뜻이 품으며 살아야 한다고

눈 내리면 눈꽃 피우며
봄이 아니라 겨울을
열렬히 살아야 한다고

너는
아무런 말 없이도
알몸으로 눈시울 뜨겁게 만든다

의문

지역 번호 02로 시작되는 낯선 전화가 걸려왔다
중년은 되었을 성싶은 한 여자가
고압선에 전기가 흐르는 목소리로 다짜고짜
차를 빼달라고 차를 빨리 빼달라고 왜 빨리 차를 안 빼냐고
남의 가게 앞에 함부로 차를 세워놓으면 어떡하냐며 언성
을 높이었다
나는 강원도 어느 겨울산 중턱을 힘겨이 올라가고 있는데
내 차는 산 아래 주차장에서 지금쯤 한가로운 동면에 빠져
들고 있을 것인데…

전화가 끊어진 후 키 큰 나무 밑동에 기대어 앉아
저만큼 내가 걸어 올라온 산 아래를 내려다보며 생각해보니
살아가는 일 또한 이와 마찬가지는 아니었는지
내 삶에서 불행을 빼달라고 빨리 빼달라고 왜 빨리 안 빼
냐고
누군가에게 이 세상 사람도 아닌 저 세상 그 누군가에게
고압선에 벼락이 떨어지는 목소리로 다짜고짜 언성을 높이
며 살고 있는 것은 아닌지
산은 높기만 하고 생각은 깊기만 하였다

다음은 제236번 붉은 달 슬픔입니다

살아온 날보다 살아갈 날이
서너 뼘쯤 짧은 나이가 되면
이런 생각도 해보기 마련인데
슬픔에게 번호를 붙여볼까
제1번 슬픔, 제2번 슬픔, 제99번 슬픔⋯

생각이란 게 으레 그렇지
때로는 깊게 빠지고
때로는 엉뚱한 길로 접어들기 마련이니
차라리 슬픔에게 이름을 붙여줄까
사슴 슬픔, 해바라기 슬픔, 검은 모래 슬픔⋯

생에서 종내 벗어나지 못한 슬픔이 있었던가
짚어보면 반드시 그런 것만도 아니었기에

지금 제235번 흰 달팽이 슬픔이 지나가고 있습니다
다음 슬픔은 제236번 붉은 달 슬픔입니다

여러분, 너무 울지 마시길

건너가는 법

길을 건널 때는
손을 높이 들고
차가 멈추기를 기다렸다
건너가야 한다

슬픔을 건널 때는
손으로 얼굴을 가리고
눈물이 멈추기를 기다렸다
건너가야 한다

그러나 생이여,
멈춰주는 슬픔이 몇이나 있으랴

생을 건널 때는
슬픔과 슬픔 사이를
재빨리 건너뛰어야 한다

죽을힘을 다해 뛰어야 한다

가슴 뭉클하게 살아야 한다

어제 걷던 거리를
오늘 다시 걷더라도
어제 만난 사람을
오늘 다시 만나더라도
어제 겪은 슬픔이
오늘 다시 찾아오더라도
가슴 뭉클하게 살아야 한다

식은 커피를 마시거나
딱딱하게 굳은 찬밥을 먹을 때
살아온 일이 초라하거나
살아갈 일이 쓸쓸하게 느껴질 때
진부한 사랑에 빠졌거나
그보다 더 진부한 이별이 찾아왔을 때
가슴 더욱 뭉클하게 살아야 한다

아침에 눈 떠
밤에 눈 감을 때까지
바람에 꽃 피어
바람에 낙엽 질 때까지

마지막 눈발 흩날릴 때까지
마지막 숨결 멈출 때까지
살아 있어, 살아 있을 때까지
가슴 뭉클하게 살아야 한다

살아 있다면
가슴 뭉클하게
살아 있다면
가슴 터지게 살아야 한다

그대 가슴에 어둠이 밀려올 때

자신을 사랑할 수 없을 때
존중하라

타인을 존경할 수 없을 때
세상에 대해 분노가 느껴질 때
살아가는 일이 무의미하게 느껴질 때
미래에 대해 어떠한 희망도 발견할 수 없을 때
존중하라

그대 자신과
그대가 살아온 삶을
그대가 살아갈 삶을
타인과 타인들이 살아가는 방식을
세상이 그대에게 보여지는 모습 그대로를
더욱 존중하라

누구라도 사랑만으로 살아갈 순 없나니
그대 가슴에 불이 꺼지고
고통과 슬픔, 절망과 회한의 어둠이 밀려올 때
그대를 둘러싼 모든 것을 더욱 힘껏 존중하라

이 세상 그 어떤 고난도
그대를 땅에 넘어뜨리지 못하리니
장미와 사자, 소금과 황금, 친구와 적
그리고 자신의 영혼을 스스로 존중할줄 아는 자에게
영원한 천상의 평화가 있다

그 길

내일은
해가 뜨지 않을 것이다
내일은
오늘처럼 흐리거나
내일은
오늘보다 더 거센 비바람이
몰아닥칠 것이다

비가 그쳐도
무지개는 뜨지 않을 것이다
어디서도
기적이 일어났다는 소문은
들리지 않을 것이며
밤은 길고
외롭고
가야 할 길은
여전히 어둡고 멀 것이다

어쩌면 행운의 여신은
우리를 향해 미소 짓지 않을 것이다

어쩌면 승리의 함성과 환희는
우리의 몫이 아닐 것이다
어쩌면 우리는 성공이라는 정상에
도달하지 못할 것이며
그토록 간절하게 소망했던 꿈들은
가슴속 깊이 묻어둔 채
어쩌면 세상과 아쉬운
작별을 고해야 할지도 모를 것이다

그렇지만 우리는
비탄과 상심에 사로잡혀
길 위에 주저앉아 있지는 않을 것이다
오히려 이렇게 반문할 것이다
인생에서 정녕 놀라운 일은
자신의 삶과 꿈을
절대로 포기하지 않았다는
사실이 아니라
한 번뿐인 자신의 삶과 꿈을
너무나 쉽게 포기하고 말았다는
사실 아니냐고

우리는 또 이렇게 말할 것이다
절망이라는 왼손이
땅을 가리키면
희망이라는 오른손은
하늘을 향해 높이 뻗겠다고
두려움이라는 왼발이
뒷걸음치면
용기라는 오른발은
앞을 향해 힘껏 내딛겠다고

그리하여
희망이 절망을 이끌고
용기가 두려움을 이끌고
신념이 운명을 이끄는
삶을 살겠다고 말할 것이다

누군가에게
위대한 영웅이 되는 것은
인간으로서 추구해볼 만한 목표지만
스스로에게

부끄럽지 않은 사람이 되는 것은
인간으로서 지켜야 할 책임이라고 말할 것이다

어쩌면 내일은
해가 뜨지 않을 것이다
바람 불거나
비 내리겠지만
우리는 묵묵히 길을 걸어갈 것이다
그 길이
우리가 걸어가야 할 길이므로

사람과 사랑이 힘들게 할 때 읽는 시

사람이 그리워야 사람이다

기온이 영하로 떨어지니
따뜻한 것이 그립다
따뜻한 커피, 따뜻한 창가,
따뜻한 국물, 따뜻한 사람이 그립다

내가 이 세상에 태어나
조금이라도 잘하는 것이 있다면
그리워하는 일일 게다

어려서는 어른이 그립고
나이 드니 젊은 날이 그립다
여름이면 흰 눈이 그립고
겨울이면 푸른 바다가 그립다

헤어지면 만나고 싶어 그립고
만나면 혼자 있고 싶어 그립다
돈도 그립고, 사랑도 그립고
어머니도 그립고, 아들도 그립고
네가 그립고 또 내가 그립다

살아오면서 많은 사람을
만나고 헤어졌다

어떤 사람은 따뜻했고
어떤 사람은 차가웠다
어떤 사람은 만나기 싫었고
어떤 사람은 헤어지기 싫었다
어떤 사람은 그리웠고
어떤 사람은 생각하기도 싫었다

누군가에게 그리운 사람이 되자
사람이 그리워야 사람이다
사람이 그리워해야 사람이다

행복의 길

당신이 행복하게 살았으면 좋겠다고
말해주는 사람이 있다면
당신은 인생을 잘 산 것입니다

당신이 행복하게 살았으면 좋겠다고
말해주고 싶은 사람이 있다면
당신은 인생을 더욱 잘 산 것입니다

그리고 행복은 그 때 찾아옵니다
당신이 자신의 행복보다는
누군가 다른 사람의 행복을 위해 기도할 때

사랑의 기쁨이 바로 그러하듯이

동행

손을 잡고 함께 걸어갈
사람이 있다는 건
얼마나 따뜻한 일인가

팔짱을 끼고 함께 걸어갈
사람이 있다는 건
얼마나 가슴 뛰는 일인가

바람은 불고
꽃은 지고
지구는 빠르게 도는데

어깨동무를 하고 함께 걸어갈
사람이 있다는 건
얼마나 든든한 일인가

고마웠노라 행복했노라
이 세상의 일 마치고 떠나는 날
작별의 인사 뜨겁게 나눌 사람 있다면
그의 인생은 또 얼마나 눈부신 동행인가

우리가 스스로를 사랑하는
십분의 일만큼만 타인을 사랑한다면

우리가 스스로에게 감사하는
십분의 일만큼만 타인에게 고마워한다면

우리가 스스로에게 사과하는
십분의 일만큼만 타인에게 부끄러워한다면

우리가 스스로를 용서하는
십분의 일만큼만 타인을 너그러이 대한다면

그대여, 우리가 사는 세상이
어찌 십분의 일만큼만 따뜻해지랴

그대여, 우리 영혼의 샛별이
어찌 십분의 일만큼만 더 밝게 빛나랴

괜찮냐고

그리 괜찮지는 않지만
당신이 내게 걱정스런 목소리로
괜찮냐고 물어본다면
나의 슬픔과 아픔은 조금 괜찮아지리

그리 괜찮지는 않지만
당신과 내가 진심 어린 마음으로
괜찮냐고 물어본다면
우리가 사는 세상은 한 뼘 더 괜찮아지리

그것을 알기에
나는 늘 당신에게 물으리
괜찮냐고 별일 없냐고 아무렇지 않냐고

그렇게 묻는 것만으로도
누군가에게 힘과 위로를 줄 수 있다면
참 괜찮지 않냐고

안부를 묻다

잠은 잘 잤냐고
밥은 먹고 다니냐고
아픈 곳은 없냐고
많이 힘드냐고
얼마나 걱정하는지 아느냐고

풀잎 같은 세상에
꽃잎 같은 사람들

행복하라고
부디 힘내라고

아버지, 깊고 푸른 바다

가슴속에 겨울 바다 서너 개쯤 들어앉은 사람
한때는 해류 되어 세상을 떠돌던 사람
새벽마다 만선의 꿈을 안고 집을 나서던 사람
저녁노을이 져도 쉬이 돌아오지 못하던 사람
눈이 오나 비가 오나 일출을 띄워 올리던 사람
하루에도 수십 차례 밀물과 썰물이 드나들던 사람
때로는 등 돌리고 누워 갈매기처럼 끼룩끼룩 울던 사람
명태, 전복, 조기, 오징어, 망둥이 다 품고 살아온 사람
자신은 포말로 부서지며 물거품처럼 살아온 사람
지금은 개펄 위에 홀로 남겨진 폐선 같은 사람
늘 그의 백사장을 거닐었지만
한 번도 '사랑합니다'라는 글자를 남겨놓지 못한 사람

아버지,
당신의 깊고 푸른 바다에
오늘도 그리움의 먼동이 밝아옵니다

어머니

어쩐지 잘못 길을 걸어온 듯 느껴지는 날
겁먹은 어린아이의 눈길로 뒤돌아보면
저만큼 당신이 서 있을 것만 같습니다

어머니,
아직도 손을 흔들고 계시겠지요

부부

여보, 고맙소
다음 생에 한 번만 더 만납시다
이번 생은 내가 아무래도 덕 본 것 같구려

부부는 전생의 은인
결혼은 그 은혜를 갚는 일이라잖소

연리지 부부

어린 나무 두 그루 만나
부부라는 이름으로 살아왔다

뿌리 얽히고 가지 부딪쳐
얼굴 붉힌 날 많았지만

꽃피는 날은 함께 웃고
꽃지는 날은 함께 눈물 흘렸다

비 오는 날은 함께 젖고
비 그친 날은 함께 별을 바라보았다

푸르던 세월 꿈처럼 지나고
무성하던 잎 떨어지니 알겠노라

그대와 나
연리지 되어 있음을

부부란 살아가는 동안
연리지 하나 만드는 일이었음을

짝

짝이 있다는 건 좋은 일
숟가락이건
젓가락이건
신발이건
친구건
연인이건
새건
꽃이건
바퀴벌레건
은행나무건
슬픔이건
詩건
술잔이건
짝이 있다는 건 기쁜 일
그것은 이 서운하기 짝이 없는 우주에서
혼자는 아니라는 뜻이리니
오늘은 그대와 그대의 짝을 위해
짝 짝 짝

고마운 일

감사할 일이 있다는 건
얼마나 고마운 일인가

꽃다운 미소를 지어주고
햇살 같은 말을 건네주고
나를 위해 자신의 손을
내밀어주는 사람이 있다는 건
얼마나 고마운 일인가

그리하여 그와 함께
가난한 세상을 부자처럼 살아가는 일에
감사할 줄 아는 마음을 갖는다는 건
또 얼마나 고마운 일인가

사람아,
너와 함께 이 세상을 살아가는 건
그 누군가에게 얼마나 고마운 일인가

이제야 알았네 그려

그러고 보니
고맙다는 말도
못했네 그려

그러고 보니
미안하다는 말도
못했네 그려

사랑한다 용서한다
함께해서 행복했다는 말
그러고 보니 못했네 그려

참 바보같이 살았다는 것을
참 바보같이 이제야 알았네 그려

떡국을 먹으며

먹기 위해 사는 게
인생은 아니라지만
먹고사는 일만큼
중요한 일 또 어디 있으랴
지난 한 해의 땀으로
오늘 한 그릇의 떡국이 마련되었고
오늘 한 그릇의 떡국은
새로운 한 해를
힘차게 달려갈 든든함이니
사랑하는 사람들이 둘러앉아
설날 떡국을 먹으면
희망처럼 뜨거운 김이
모락모락 피어나고
아물지 않은 상처마다
뽀얗게 새살이 돋아난다

추석

연어처럼 돌아간다

어린 새끼들을 이끌고
오래 전 떠내려왔던 물살을 거슬러 올라가면
가을 햇살에 반짝이는 유년의 비늘들

빈 주머니면 어떠리
내일은 보름달이 뜨리니
가난한 마음에도 달빛은 한가득

밤이 깊을수록
송편은 점점 커지고
아비 어미 연어 얼굴에는
기쁨이 사뭇 흘렀다

인연

길을 걸어가는데
돌이 가로막고 있다면
잠시 그 위에 앉아 쉬었다 가면 되리

마차를 타고 가는데
돌이 가로막고 있다면
마땅히 그 돌을 치우거나 피해가야 하리

인연이란 이와 같은 것
선연과 악연이 서로 다르지 않으니
돌을 탓하지 말고 나를 돌아봐야 하리

눈길

아무리 추운 날에도 얼지 않고
아무리 더운 날에도 녹지 않는다

백 사람이 걸어가도 더럽혀지지 않고
백 년이 지나도 그 모습 변하지 않는다

이 세상 가장 아름답고 깨끗한
사람과 사람 사이의 따뜻한 눈길

눈 내리는 날에나
눈 내리지 않는 날에도
우리 함께 걸어가야 할 길

참 좋은 인생

참 좋은 세상에서
참 좋은 사람들과
참 좋은 생각하며
참 좋은 하루를 삽니다

조금은 부족한 내가
참 좋은 인생을 삽니다

꽃

작은 일로 가시가 돋을 때
이 사람은 전생에 무슨 꽃이었을까
마음속으로 빙긋이 생각해봅니다

나는 또 어떤 꽃이었을까요

미움이 비처럼 쏟아질 때

미워하자면
장미에게도 가시가 있고
좋아하자면
선인장에게도 꽃이 있다

우산이 있는 사람은
비를 즐기고
우산이 없는 사람은
비를 원망하네

미움이 비처럼 쏟아지는데
마음을 지킬 우산 하나 없다면
빗속에 뛰어들어 몸을 적시지 말고
비가 멈출 때까지 기다려라

해 뜨고 푸른 날 찾아오면
어제 내린 비가 무슨 의미 있으랴
오직 미워할 일은 그러지 못하는 내 마음뿐

용서 하나 갚겠습니다

생의 어느 날
사람에게 받은 상처를
용서하기 힘들 때

아버지,
당신에게 받은 용서 하나 갚겠습니다

어머니,
당신에게 받은 용서 하나 갚겠습니다

친구여,
그대에게 받은 용서 하나 갚겠습니다

생의 어느 날
사람에게 받은 상처를
용서하기 힘들어 잠 못 이룰 때

신이여,
당신에게 받은 용서 하나 갚겠습니다

사과

사과는
사과 한 알이면 족한 것

말없이 다가가
사과를 손에 쥐어주곤

사과를 받아주어 고맙소,
말하면 그뿐

그래도 안 된다면?
내가 큰 사과 드리다

어찌 되었든
사과는 몸에 좋은 거라오

그래도 사랑입니다

당신은 꽃을 좋아하고
나는 낙엽을 좋아합니다

당신은 눈을 좋아하고
나는 비를 좋아합니다

당신은 바다를 좋아하고
나는 산을 좋아합니다

당신은 블루를 좋아하고
나는 레드를 좋아합니다

당신은 순수를 좋아하고
나는 열정을 좋아합니다

그래도 사랑입니다

당신은 나를 좋아하고
나는 당신을 좋아하니까

사랑은 만 개의 얼굴로 온다

사랑은 만 개의 얼굴로 온다

아침에서 밤까지
하늘에서 바다까지
꽃에서 달까지
사랑은 만 개의 얼굴로 온다

그리하여 그대의 사랑이 꿈 같을 때
그리하여 그대의 사랑이 기적 같을 때
사랑은 다시 만 개의 심장으로 온다

터져라, 심장이여!
죽음도 두렵지 않으니
사랑은 천만 개의 불꽃으로 온다

내 안에 머무는 그대

당신을 만나기 전에는
아침이 밝아왔는데
당신을 만난 후로는
사랑이 밝아옵니다

당신을 만나기 전에는
어둠이 밀려왔는데
당신을 만난 후로는
사랑이 밀려옵니다

아침부터 밤까지
내 안에 머무는 그대
당신을 만난 후로는
사랑 안에 내가 머뭅니다

당신이 보고 싶어 아침이 옵니다

당신이 보고 싶어
아침이 옵니다

밤을 지나
어둠을 헤치고
낮을 지나
빛조차 뿌리치고

당신이 보고 싶어
저녁이 옵니다

장밋빛 노을에 물든
태양처럼
따뜻한 어둠에 잠긴
별처럼

당신이 보고 싶어
잠에 듭니다

기다림

누군가 나를 기다리는 사람이 있다는 건
얼마나 눈부신 일인가

아침이 기다리는 태양처럼
밤이 기다리는 별처럼
그에게 한 줄기 밝은 빛이 될 수 있다는 건
얼마나 가슴 따뜻한 일인가

그리하여 그 날을 손꼽으며
내가 그를 기다리는 건
또 얼마나 가슴 뜨거운 일인가

태양을 기다리는 아침처럼
별을 기다리는 밤처럼
그를 위해 아름다운 배경이 될 수 있다는 건
또 얼마나 맑은 눈물 같은 일인가

우리는 태어나고 기다리고 죽나니
살아서 가장 햇살 같은 날은
한 사람이 또 한 사람을 촛불처럼 기다리는 날이라네

IV

인생과 행복에 관한 지혜를
알려주는 시

인생

자주
막막하고

이따금
먹먹해도

늘
묵묵하게

무료

따뜻한 햇볕 무료
시원한 바람 무료

아침 일출 무료
저녁 노을 무료

붉은 장미 무료
흰 눈 무료

어머니 사랑 무료
아이들 웃음 무료

무얼 더 바래
욕심 없는 삶 무료

인생 예찬

살아 있어 좋구나
오늘도 가슴이 뛴다

가난이야 오랜 벗이요
슬픔이야 한때의 손님이라

푸르른 날엔 푸르게 살고
흐린 날엔 힘껏 산다

눈부시다는 말

눈부시다는 말
참 좋지요

비 갠 아침의 눈부신 햇살
은빛으로 반짝이는 눈부신 강물
풀잎 끝에 매달린 눈부신 이슬
해맑은 아이들의 눈부신 웃음
오늘이라는 눈부신 시간
사랑해라는 눈부신 고백

눈부시다는 말
참 눈 부시지요

행복

별을 따려 하지 말 것

지금 지구라는
별에 살고 있다는 사실을 기억할 것

별로 살아야 한다

별로 아는 것이 많지 않아도
별로 가진 것이 많지 않아도
별로 웃을 일이 많지 않아도
별로 사는 사람들이 있다

별로 살아야 한다

당근

하루 세 끼마다
당근을 먹을 것

세상에 어둠과 그늘이 많은 건
사람들이 당근을 적게 먹기 때문이니까

인생은 아름답지?
당근

사랑은 영원하지?
당근

행복은 돈과 상관없지?
당근

온몸이 새빨개지더라도
이파리는 늘 푸를 것

그러면 당신의 영혼도 푸르러지겠느냐고?
당근

인생의 무게를 재는 법

불행의 무게를 잴 때는
눈물만 올려놓을 것
저울이 망가질 수 있으니
절대로 온몸으로 올라서지 말 것

어제보다 늘었다고 한숨 쉬지 말 것
슬픔이나 절망의 섭취량을 조금 줄일 것
아침에 일어나 햇볕을 쬐고 난 직후를 권함

가급적 행복의 무게도 함께 잴 것
24시간 안에 지은 미소를 모두 올려놓을 것
살짝 저울 위에 올라서도 좋음

하루쯤

1년에 하루쯤은
아침부터 저녁까지
그저 웃기만 해도 좋을 일이다

1년에 하루쯤은
만나는 사람들에게
그저 따뜻한 말만 건네도 좋을 일이다

그래도 364일
마음껏 아파하며 슬퍼할 수 있고
마음껏 투덜거리며 화낼 수 있으니

1년에 하루쯤은
상처와 눈물 모두 잊어버리고
그저 감사만으로 살아도 좋을 일이다

언제나 그 하루를
내일이나 모레가 아닌 오늘로 만들며
365일 중 하루쯤, 하며 살아도 좋을 일이다

생일生日

生은
말日합니다

태어난 날이 아니라
다시 태어나는 날이라고

기뻐하고 즐거워하기보다는
반성하고 뒤돌아보는 날이라고

어제보다 더 넓어지고
어제보다 더 깊어지고
어제보다 더 높아지는 날이라고

마흔 번째 시작이 아니라
서른아홉 번째 삶을
잘 마무리하는 날이라고 말합니다

生은
또 말日합니다

생일이란
우주의 기념일이요
역사의 이정표라고

내가 태어난 것이 아니라
우주가 태어난 것이요
인생이 시작된 것이 아니라
역사가 시작된 것이라고 말합니다.

그러고 보면
生은 늘 말ㅂ해 왔죠

생일이란
내가 살아온 날에 대한 매듭이요
내가 살아갈 날에 대한 약속이라고

누군가로부터 선물을 받기보다는
누군가에게 선물이 되어야만 하는 날이라고

1년 365일

生은 늘 그렇게 말ㅂ합니다

고마워요, 이 세상에 태어나줘서

꽃의 생일을 알고 있나요
별의 생일을 알고 있나요
바로 오늘 당신이 태어난 날이에요

햇살이 더욱 눈부시네요
강물이 더욱 반짝이네요
바로 오늘 당신이 태어난 날이에요

축하해요 고마워요
이 세상에 태어나줘서

사랑해요 행복해요
이 세상 가장 소중한 당신

가장 아름다운 날 알고 있어요
가장 가슴 따뜻한 날 알고 있어요
바로 오늘 당신이 태어난 날이에요

인생을 배웁니다

월요일에는 꿈을 배웁니다
화요일에는 희망을 배웁니다
수요일에는 용기를 배웁니다
목요일에는 사랑을 배웁니다
금요일에는 감사를 배웁니다
토요일에는 용서를 배웁니다
일요일에는 부끄러움을 배웁니다

벼가 고개를 숙이는 이유는
겸손하기 때문이 아니라
진정 부끄럽기 때문이라는 것을 배웁니다

매일 인생을 배웁니다

만학晩學

사는 게 힘들어
조금 늦었습니다

꽃과 인사하는 법
별과 이야기 나누는 법
낯선 사람에게 미소를 건네는 법

이제 막 사랑을 배우는 중입니다

절망은 아직 배우지 못했습니다
후회나 미움은 배우지 않으려 합니다
죽는 날까지 멈추지 않겠습니다

누군가 물어볼지도 모릅니다

생의 마지막 날에
누군가 물어볼지도 모릅니다
몇 사람이나 뜨겁게 사랑하였느냐
몇 사람이나 눈물로 용서하였느냐
몇 사람이나 미소로 용기를 주었느냐

생의 마지막 날에
누군가에게 대답해야 할지도 모릅니다
시간을 낭비하지 않았습니다
사람을 가장 먼저 생각했습니다
세상을 아름답게 만들려 노력했습니다

생의 마지막 날에
아무도 묻지 않을지 모릅니다
그렇더라도 오직 한 사람,
당신 자신에게는 대답해야만 할 것입니다
나는 한 번뿐인 삶을
정녕 온 힘을 다해 힘껏 살았노라고

우리에게 없는 것들

지갑은 있는데
현금은 없다

통장은 있는데
잔고는 없다

친구는 있는데
우정은 없다

애인은 있는데
사랑은 없다

집은 있는데
이웃은 없다

가족은 있는데
식구는 없다

연락처는 있는데
연락할 사람은 없다

시계는 있는데
시간은 없다

생활은 있는데
사생활은 없다

슬픔은 있는데
눈물은 없다

상처는 있는데
약은 없다

미래는 있는데
꿈은 없다

심장은 있는데
열정은 없다

머리는 있는데
영혼은 없다

나라고 불리는 나는 있는데
나라고 말할 수 있는 나는 없다

그러니 잘 살아야 하는 것이다
죽음은 있는데 삶은 없을지도 모르니

나는 배웠다

나는 몰랐다

인생이라는 나무에는
슬픔도 한 송이 꽃이라는 것을

자유를 얻기 위해 필요한 것은
펄럭이는 날개가 아니라 펄떡이는 심장이라는 것을

진정한 비상이란
대지가 아니라 나를 벗어나는 일이라는 것을

인생에는 창공을 날아오르는 모험보다
절벽을 뛰어내려야 하는 모험이 더 많다는 것을

절망이란 불청객과 같지만
희망이란 초대를 받아야만 찾아오는 손님과 같다는 것을

12월에는 봄을 기다리지 말고
힘껏 겨울을 이겨내려 애써야 한다는 것을

친구란 어려움에 처했을 때 나를 도와줄 수 있는 사람이 아니라
어려움에 처했을 때 내가 도와줘야만 하는 사람이라는 것을

누군가를 사랑해도 되는지 알고 싶다면
그와 함께 밤하늘의 별을 바라보면 된다는 것을

어떤 사랑은 이별로 끝나지만
어떤 사랑은 이별 후에야 비로소 시작된다는 것을

시간은 멈출 수 없지만
시계는 잠시 꺼둘 수 있다는 것을

성공이란 종이비행기와 같아
접는 시간보다 날아다니는 시간이 더 짧다는 것을

행복과 불행 사이의 거리는
한 뼘에 불과하다는 것을

삶은
동사가 아니라 감탄사로 살아야 한다는 것을

나는 알았다

인생이란 결국
배움이라는 것을

인생이란 결국
자신의 삶을 뜨겁게 사랑하는 법을 깨우치는 일이라는 것을

인생을 통해
나는 내 삶을 사랑하는 법을 배웠다

우산

삶이란
우산을 펼쳤다 접었다 하는 일이요
죽음이란
우산이 더 이상 펼쳐지지 않는 일이다

성공이란
우산을 많이 소유하는 일이요
행복이란
우산을 많이 빌려주는 일이고
불행이란
아무도 우산을 빌려주지 않는 일이다

꿈이란
우산천과 같고
계획은
우산살과 같고
자신감은
우산손잡이와 같다

용기란

천둥과 번개가 치는 벌판을 홀로 지나가는 일이요
포기란
비에 젖는 것이 두려워 집 안에 머무는 일이다

행운이란
소나기가 쏟아지는데 서랍 속에서 우산을 발견하는 것이요
불운이란
우산을 펼치기도 전에 비가 쏟아지는 것이다

희망이란
거리에 나설 때쯤이면 비가 그칠 것이라고 믿는 것이요
절망이란
폭우가 쏟아지는데 우산에 구멍이 나 있다는 사실을 발견
하는 것이다

도전이란
2인용 우산을 만드는 일이요
역경이란
바람에 우산이 젖혀지는 일이고
지혜란

바람을 등지지 않고 우산을 펼치는 일이다

사랑이란
한쪽 어깨가 젖는데도 하나의 우산을 둘이 함께 쓰는 것이요
이별이란
하나의 우산 속에서 빠져나와 각자의 우산을 펼치는 일이다

쓸쓸함이란
내가 우산을 씌워줄 사람이 없는 것이요
외로움이란
나에게 우산을 씌워줄 사람이 없는 것이고
고독이란
비가 오는데 우산이 없는 것이다

그리움이란
비가 오라고 기우제를 지내는 일이요
망각이란
비에 젖은 우산을 햇볕에 말려 창고에 보관하는 일이다

실수란

우산을 잃어버리는 일이요
잘못이란
우산을 잊어버리는 일이다

분노는
자동 우산과 같고
인내란
수동 우산과 같다

지식은
3단 우산과 같고
지혜는
2단 우산과 같으며
겸손은
장우산과 같다

부모란
아이의 우산이요
자녀는
부모의 양산이다

연인이란
비 오는 날 우산 속 얼굴이 가장 아름다운 사람이요
부부란
비 오는 날 정류장에서 우산을 들고 기다리는 모습이 가장
아름다운 사람이다

여행을 위해서는
새로 산 우산이 필요하고
추억을 위해서는
오래된 우산이 필요하다

비를 맞으며 혼자 걸어갈 줄 알면
인생의 멋을 아는 사람이요
비를 맞으며 혼자 걸어가는 사람에게 우산을 내밀 줄 알면
인생의 의미를 아는 사람이다

세상을 아름답게 만드는 건 비요
사람을 아름답게 만드는 건 우산이다
한 사람이 또 한 사람의 우산이 되어줄 때
한 사람은 또 한 사람의 마른 가슴에 단비가 된다

V

커피와 술, 음식에 관한 시

밥만 먹자고 이 세상까지 왔겠는가

밥만 먹자고 이 세상까지 왔겠는가
술도 한두 잔 마시고
커피도 몇 잔쯤 마셔야지

일만 하자고 이 세상까지 왔겠는가
산책도 하루이틀 다니고
사랑도 몇 날은 해봐야지

이 말만 하자고 이 세상까지 왔겠는가
꽃도 한두 송이 피우고
별도 몇 개쯤 닦아줘야지

커피

꽃도 아닌 것이
향기롭게 만들고

술도 아닌 것이
취하게 만든다

사랑도 아닌 것이
그립게 만들고

인생도 아닌 것이
뜨겁게 만든다

이 깊고 은밀하고 진중한 것을
무엇이라 부르랴

분명코 커피만은 아니리니

커피를 마시듯

월요일에는 커피를 마시듯
꿈 한 잔 마실 일이다

화요일에는 커피를 마시듯
희망 한 잔 마실 일이다

수요일에는 커피를 마시듯
용기 한 잔 마실 일이다

목요일에는 커피를 마시듯
열정 한 잔 마실 일이다

금요일에는 커피를 마시듯
긍정 한 잔 마실 일이다

토요일에는 커피를 마시듯
용서 한 잔 마실 일이다

일요일에는 커피를 마시듯
감사 한 잔 마실 일이다

사랑하는 사람과 커피를 마시듯

살아가는 모든 날마다

맑고 향기로운 생각 한 잔 마실 일이다

블랙커피

커피를 마시다
울었다

그리움이나 슬픔 때문이 아니라
커피가 뜨거워서 그랬을 뿐

손끝으로 전해져오는
삶이 하도 뜨거워서 그랬을 뿐

이를테면 내 생은
블랙커피인 것이다

커피 한 잔만큼의 사랑

너를 향한 내 마음을
보여주고 싶을 때
따뜻한 커피 한 잔을
사진 찍어 보낸다
딱 그만큼의 온도와
딱 그만큼의 향기로
사랑하는 것이다

네가 날카로운 비수로
내 가슴을 휘휘 저을 때에도
너의 입맛에 맞추려
내게 달콤한 찬사를 쏟아부을 때에도
나는 내가 지켜야 할 색과 향을 간직했나니
딱 그만큼의 빛깔과
딱 그만큼의 부드러움으로
사랑하는 것이다

커피 한 잔에 담긴 사랑이
얼마나 대수로울까마는
온몸으로 네 안에 뛰어들기 위해
나는 묵묵히 나의 파문을 잠재우는 것이다

삶이 내게 뜨거운 커피 한 잔 내놓으라 한다

삶이 내게
뜨거운 커피 한 잔 내놓으라 한다

삶이 내게
시원한 커피 한 잔 내놓으라 한다

어느 날은 저혼자 뜨겁게 달아오르다
어느 날은 저혼자 차갑게 식어버리며
그 검은 수심의 깊이를 알 길이 없는

삶이 내게
오래도록 사라지지 않을
향 깊은 커피 한 잔 내놓으라 한다

푸른별 카페

지구라는 카페에 들러
인생이라는 커피 한 잔을 마시고
우리는 떠나간다
늦게 도착한 사람이
먼저 떠나기도 하고
반 잔을 마시기도 전에
혼자 떠나기도 하면서
맛있다 맛없다, 비싸다 싸다 말하지만
다음 별에 가면 알게 되리니
우주에서 커피가 가장 맛있는 카페는
푸른별이라는 걸
그곳에서는 우연히 만난 손님끼리도
자리를 함께하며 서로 사랑하느니

술잔 마주 놓고

살아가는 일이
시린 날이면

소주잔 두 개
마주 놓고

밤새 너와
가슴 뜨거운 이야기 나눠보고 싶다

生이여

술

사막을 건너기 위해서는
물이 필요하듯

인생이라는 사막을 건너기 위해서는
술이 필요한 것

갈증이 아니라
망각을 위해

인생이 사막이라는 사실을
잊기 위해

권주가

아침에 핀 꽃은
저녁 바람에 지고

밤에 내린 눈은
아침 햇살에 녹네.

그대여 잔을 비우라
살아가는 일은 그보다 더 짧으니

낮과 밤을 가려 무엇하랴
노을과 단풍을 얼굴에 물들이세

캬

저녁 어스름이 내려앉는 시간
소주 한 잔을 빈속에 들이키면
100억 광년 우주 너머
칠흑 같은 어둠 속에서 빛의 속도로 날아와
입 밖으로 뛰쳐나오는 원시의 언어

그래도 세상은 살 만하다고
밤하늘의 별은 아직 때 묻지 않았다고
내일은 내일의 해가 뜬다고
아니, 설사 그렇지 않을지라도 그냥 모두 씻어버리라고

세상에서 가장 짧은 연설!
세상에서 가장 뜨거운 포옹!
세상에서 가장 눈물겨운 감탄사!

캬!

자작을 좋아하다

혼자 짓거나
혼자 만든다는 건
얼마나 아름다운 일인가
또한 얼마나 눈물겨운 일인가

자작나무가
자기 스스로 껍질을 희게 만들고
자기 스스로 나뭇잎을 푸르게 만들고
자기 스스로 겨울이면 옷을 벗는 일을 보라

이렇듯 세상의 모든 것들이
자작자작 뜨겁게
스스로 삶을 지으며 살아가느니

우리가 술 한 잔을 자작하려거든
자작나무의 흰 껍질과 푸른 잎을 기억하며
어느 날이고 눈보라치는 겨울이 오면
알몸으로도 묵묵히 이겨내는 생을
스스로 만들어야 한다

라면

딱딱하게 배배 꼬인 놈이
세상에서 가장 부드러운 면발로 변해
어느 가난한 입에 부러울 것 없는 미소를 짓게 만들기 위해
서는
한 번은 반드시 펄펄 끓는 물에 들어갔다 나와야 한다

生이여, 알겠지?

고구마

고구마가 잘 익었는지
젓가락으로 푹, 푹 찔러보는 것

슬픔이나 아픔 따위가
설마 그런 일은 아니겠지요?

하여간 큰 고구마일수록
오래 삶아야 한다는 것쯤은 알고 있습니다마는

국수

희고 동그랗고 부드러워
가난한 입맛에 착착 달라붙고
붙잡는 사람 하나 없는 아리랑 고개처럼
쏙쏙 목구멍을 넘어가면
초승달처럼 꺼졌던 배가 보름달처럼 부풀어 올라
주름진 얼굴에도 웃음꽃 함박 피어나는데
기실은 국수도 못 되어 국시로나 불리고
국시도 못 되어 국시꼬랭이로나 떨어져 나와
한 숟가락도 안 되는 수제비로 끝나려는지
솥뚜껑 위에서 구워져 아이들 군것질로 끝나려는지
삶이 잔치가 맞기는 맞는지
내 몸은 또 얼마나 희고 동그랗고 부드러운지
잔치국수 한 그릇을 먹으며 희멀건한 생각을 해보는데
그래도 뜨끈뜨끈한 것이 들어가니 뱃속은 든든하였다
그러면 되았지 싶었다

순댓국

마음을 비우기 어려워
술잔을 비우는 저녁
채워도 채워도 채워지지 않는 생도
순댓국 한 그릇에
소주 한 병이면 가득이더라
순댓국에 담겨 있는
순대 같은 사랑이나 해보았으면
뜨끈한 순대국물
너의 입에 사분사분 떠먹여주었으면
기껏 생각이나 하였을 뿐인데
순대가 목에 걸려 나는 울었다
순하게 살자, 독한 목숨아

해장국

사는 기 왜 독한 술 같을 때가 있잔혀
그런 날엔 해장국 한 그릇 먹는 겨
뜨신 국물에 공기밥 텀벙 말아
후루룩 게눈 감추듯 먹는 겨
그러면 뱃가죽 깊은 곳에서
장해, 장해, 소리가 들린다니께

사는 기 왜 아주 지랄 맞을 때가 있잔혀
그런 날엔 해장국 한 그릇 뚝딱 해치우는 겨
뚝배기 밑바닥까지 빡빡 긁고는
장해, 장해, 일없이 내뱉어보는 겨
어깨 한 번 으쓱하고는
거리로 나가는 겨

밥향

꽃향은 손에 퍼지고
술향은 입에 퍼지지만
밥향은 가슴에 퍼지네

꽃향은 눈을 적시고
술향은 입술을 적시지만
밥향은 마음을 적시네

꽃향기에 취해 한 시절
술향기에 취해 한 시절
밥향기에 취해 한 평생

꽃향은 사랑을 부르고
술향은 친구를 부르지만
밥향은 어머니를 부르네

꽃향은 아름다운 동화
술향은 먼 나라의 왕궁
밥향은 고향의 느티나무

꽃이여 너는 얼마나 아름다운가
술이여 너는 얼마나 뜨거운가
밥이여 너는 얼마나 눈물겨운가

다시 태어나거든 밥이나 되자
꽃도 말고 술도 말고
거짓 없는 아이 주린 배를 채워줄
한 그릇 따뜻한 밥이나 되자

VI

동식물, 자연, 장소, 여행의 시

52 고래

누구도 그의 모습을 본 적이 없다
생김새는 어떠한지 크기는 얼마나 되는지
어느 바다를 떠돌며 일생을 유영하는지조차 알지 못한다
유일하게 그에 대해 알려진 건
51.75헤르츠(Hz)의 주파수로 노래한다는 것
그래서 12~25헤르츠(Hz)로 의사소통을 하는 다른 고래들과는
대화 자체가 전혀 불가능하다는 것뿐
학자들은 그를 세상에서 가장 외로운 고래라고 부른다

그렇지만 나는 알고 있다
그가 어떤 모습인지 어느 만큼의 키와 몸무게를 지녔는지
어느 바다에서 태어나 어느 해저에서 마지막 숨을 거두는지
왜 다른 고래들은 알아듣지 못하는 슬픈 음역의 노래를 부르는지
나는 그를 '세상에서 가장 외로운 시인'이라고 부른다
당신도 쉰두 살쯤 된 어느 날 저녁이면
반드시 그와 마주치게 되리라

사람은 무엇으로 사는가

여름비 쏟아지는 이른 아침

달팽이 한 마리가 비를 맞으며

1시간에 5m의 속도로

아파트 옆 하천 산책로를 기어가고 있다

그 옆에 쭈그리고 앉아

두 개의 더듬이 그리고 나선형 껍데기에 관한

은유와 상징을 더듬거려보다가

당최 성에 차는 문장이 떠오르질 않아

벌떡 자리에서 일어서는데

지나가던 초로의 남자가 다가와

두 손가락으로 달팽이를 조심스레 들어 올리더니

건너편 길가 풀섶 사이에 내려놓고는

다시 제 갈 길을 걸어가는 것이었다

그 사람의 등에 보이지 않는 높은 사원 하나

우뚝 세워져 있는 듯하여

나는 가만히 속으로 중얼거려보았다

"사람은 무엇으로 사는가"

새

하루에 하늘 한 번 바라볼
새도 없는 삶은
결코 살지 말아라

하루에 꽃향기 한 번 맡아볼
새도 없는 삶은
절대로 살지 말아라

오늘도 높은 나뭇가지에 앉아
더 높이 노래하는 내 영혼의 새

하루에 별 한 번 바라볼
새도 없는 빈 둥지는
정녕 되지 말아라

잠자리

만 개의 눈으로
세상을 보았지

날개조차 투명해
한 점 부끄럼 없었고

땅에 내려앉을 때에도
그 날개 접지 않았다

전생에 시인이었던 걸까
오늘도 허공에 시를 쓴다

가볍게 살아라
참말 가볍게 살아라

민들레

어딘들 못 살랴
질기고 쓴 것이 목숨이더라

짓밟히고 짓밟혀도
흙에 바짝 몸 붙이고
꽃대 높이 하늘로 치켜세워
마침내 노란 희망 담담히 피워낸다

은빛 우주 한 채 지었다가
그마저도 바람 불면 허물어 버리고
다시 뿌리내릴 새 땅 찾아 날아가니

어딘들 못 가랴
버리고 비우면 날개더라

6월 장미에게 묻는다

다시 사랑에
빠질 수 있을까

붉은 열망과
푸른 상처를
만지작만지작거리며
6월 장미에게 묻는다

누군가를 다시
사랑할 수 있겠니

누군가를 다시
그리워할 수 있겠니

누군가의 가시에 콕 찔려
다시 소스라치게 놀랄 수 있겠니

존넨쉬름

장미의 일종
꽃말은 거절이라지

마음에 놀려주고 싶은 이 있거든
정성스레 한 다발을 보내볼까

'당신에게 존넨쉬름을 바칩니다'

그다지 꽃다운 일 아니라며
심각한 표정으로 말하신다면
당신에게도 한 송이

'존넨쉬름'

향기만으로 살 수 있나
웃음이 가장 아름다운 꽃인 걸

능소화

행복하게
잘 살고 있는 거지?

어찌 저 꽃은 손나팔까지 불며
내 할 말을 지가 묻고 있는가!

능소화 활짝 필 때
훌쩍 져버린 사랑 하나 있었다

능소화 훌쩍 질 때
활짝 피어나는 그리움 하나 있다

해바라기

우리가 생의 어느 날에
몹시 비에 젖는다 해도
가슴에 해바라기 한 송이
노랗게 피우며 살 일이다

비 오는 날에도
힘껏 허공을 밀고 올라가는
해바라기의 꽃대를 기억하며
바람 부는 날에도
고개를 떨구지 않는
해바라기의 얼굴을 기억하며

우리가 생의 어느 날에
몹시 바람에 흔들린다 해도
가슴에 해바라기 한 송이
하늘 높이 피워두고 살 일이다

국화

네 앞에서는
꼭 걸음을 멈추게 된다

가을처럼 다시 돌아올
그리운 얼굴 하나 떠올라

햇살처럼 다시 비칠
눈부신 이름 하나 떠올라

네 앞에서는
꼭 눈을 감게 된다

내가 사랑하는 여자도
늘 그리 하였느니

네 앞에서는
꼭 입을 맞추게 된다

코스모스

이상하다!

국화보다 코스모스가
단풍보다 코스모스가
눈길과 마음 사로잡는다면
무엇보다 어여쁘다 느껴진다면

그는 코스모스 같은 여자를
사랑하고 있는 것이다
그는 코스모스 같은 여자를
사랑하고 싶은 것이다

그럴 리 없다면
코스모스 같은 여자, 그를 사랑하고 있는 것이다
한 때 그가 사랑했던 여자, 이제는 코스모스로 피어 있는
것이다

아! 아무래도 그럴 리 없다면
코스모스가 저처럼 바람에 흔들리고 있을 이유란
도대체 무엇이란 말인가

동백

한 봄날이어도
지는 놈은 어느새 지고
피는 놈은 이제사 피는데
질 때는 한결같이 모가지째 뚝 떨어져

─이래 봬도 내가 한때는 꽃이었노라

땅 위에 반듯이 누워 큰소리치며
사나흘쯤 더 뜨거운 숨을 몰아쉬다
붉은 글씨로 마지막 유언을 남긴다

─징하게 살다 가네

소나무

겹겹이 터지고 갈라진
저 껍질 속에
오래 이 민족을 먹여 살린
누런 소 한 마리가 들어앉아
사시사철 푸른 쟁기질을 멈추지 않는데
누군가라도 알아주기를 바랄 때는
솔방울 툭 툭 발가에 떨어뜨리는 것이니
그런 날에는 가던 걸음 멈추고 다가가
굽은 등짝 한 번 슬며시 쓰다듬어줄 일이다

산

사람들은 말하지
다시 내려올 걸 무엇 하러 올라가나

산도 말한다네
다시 내려갈 걸 무엇 하러 올라오나

바다

바다에 앉아 바다를 보네
어제도 왔었지
내일도 오리라

왜 바다에 오냐고 묻지 말게
바다가 못 오니 내가 올 수밖에
바다도 내게 오려 저리 파도치거늘

바다 9

긴 획 하나 수평으로 그어놓고
일평생 일자무식으로 산다

살아보라, 한다

바다 31

세상을 털려다
바다까지 밀려왔는데
동전 한 푼 남김없이
바다에게 모두 털리고
조개껍데기처럼 누워 바다를 바라보면
아무것도 잃을 게 없는 생이
가장 많은 것을 가진 생이라는 것을
바다가 바다에서 바다처럼

와온에 가거든

노을 몇 점 주우러 가는 도로에
촘촘한 간격으로 설치된
수십 개의 과속방지턱을 넘으며
상처란 신이 만들어놓은
생의 과속방지턱인지도 모른다 생각해보았다
서두르지 말고 천천히 가야 한다는

느릿느릿 도착한 와온 바다
엄지손톱만 한 해가 수십만 평의
검은 갯벌을 붉게 물들이며
섬 너머로 엉금엉금 지는 모습을 보자면
일생을 갯벌 게구멍 속에서 지내도
생은 좋은 일만 같았다

그대여, 와온에 가거든
갯벌 게구멍 속에 느릿느릿 들어앉았다 오라
밀물이 들기까지 생은 종종 멈추어도 좋은 것이다

비양도

비양도에 가서 알았다
생의 절반은 일몰이라는 것을
낮 세 시면 이미 뱃길이 끊어져
어쩔 줄 모르고 파도에 제 몸을 숨기는 섬
소주 한 병을 비울 시간이면
얼굴 가슴 손발을 모두 어루만질 수 있고
소주 반 병을 비울 시간이면
어깨에 앉아 제주라는 섬을 바라볼 수 있는 곳
보다가 가장 작은 섬은 가장 큰 대륙,
보노라면 가장 큰 대륙은 가장 작은 섬이었기에
생의 절반은 일출이라는 것을
비양도를 떠나며 뱃멀미처럼 나는 앓았다

원대리에 가시거든

원대리에 가시거든

푸른 잎과 흰 껍질만이 아니라

백 년의 고요를 보고 올 것

천 년의 침묵을 듣고 올 것

자작나무와 자작나무가

어떻게 한마디의 말도 주고받지 않고

만 년의 고독을 지켜가는지

그대, 원대리에 가시거든

사람의 껍질은 잠시 벗어두고

이제 막 태어난 자작나무처럼

키 큰 자작나무 아래 앉아

푸른 하늘을 어린 눈빛으로 바라보다 돌아올 것

겨울 원대리

씻을 죄라곤 한 점 없을 삶인데도
겨울 내내 흰 눈으로 온몸을 씻고 있는
자작나무 사이를 거닐며
바람이 불 때마다 쏟아져 내리는
소금 같은 눈사발 몇 됫박 뒤집어쓰고
흰 슬픔으로 검은 영혼을 씻기다 보면
어느새 봄볕보다 따스한
겨울 원대리

선운사

아무래도 헤어지기 어려운 여자와
선운사 대웅전 뒤켠으로 함께 가
이별은 동백꽃 모가지째 떨어지듯이 하잔께
말하였더니 그 여자 눈물만 송이송이 떨어뜨리며
이제 막 땅에 떨어진 동백꽃 하나 주워들더니
참, 징하요, 말하는 것이더라

선암사

선암사에 가보면 안다
겨울을 지나온 매화는
밤에도 향기를 멈추지 않는다는 것을
선암사에서는 매화가 가장 불심이 깊다

선암사에 가거든 물어보아라
이별을 지나온 사랑은
어떤 향기를 드높이 피워야 하는가
선암사에서는 겨울을 지나온 사랑이 가장 그리움이 깊다

선암사에 매화 피거든
매화길 담벼락에 기대어 서서
백매화 홍매화 수런거리는 소리에 귀 기울여보아라
선암사에서는 겨울을 지나온 목숨이 가장 사랑이 깊다

하동에서 쓰는 편지

아우야,
나는 너무 긴 세월을
허둥거리며 살았구나

이번이 막차라는 듯
놓치면 다시는 올라탈 수 없다는 듯
허둥지둥 살았구나

이제사 돌아보면
생의 모든 걸음이 허방인 것을
한 발도 헛디디지 않겠다며
두 눈 부릅뜨며 살았구나

아우야,
나는 이제 남은 날들을
하동거리며 살련다

지리산 기슭에 누워
벚꽃 매화 이불 덮고
섬진강 모래톱에 앉아

무너져도 슬픔 없을 성을 쌓다가
저녁 무렵 남해로 걸어 들어가는 해를 보며
한 수 잘 배웠네, 술잔 기울이련다

평사리 들녘이
금빛에서 은빛으로 바뀌는 날
지난 봄 갓 딴 찻잎을 끓여 마시며
하동포구 눈 쌓이는 소리에 흠뻑 취해

아우야, 우리가 한 번은
하동거리며 살아야 하지 않겠느냐

VII

시간과 계절, 기도의 시

봄 편지

그의 이름을 부르면
마음에 봄이 찾아오는 사람이 있어
그대여, 꽃을 부르듯
너의 이름을 가만히 불러본다

사랑은 … 따듯하여라

가을

이제 그만하면 됐단다
너는 용서의 계절

산은 단풍을
용서하고

나무는 낙엽을
용서하고

낙엽은 바람을
용서하네

나는 떠나가는 너를
용서하리

나는 떠나보내야 하는
나를 용서하리

가을이 오면
나는 내 가난한 삶을
10월 닮은 눈물로 용서하리

가을은 단 하나의 언어로 말하네

가을은
단 하나의
언어로 말하네

사랑하라 사랑하라 사랑하라

하늘과 바람 낙엽과 단풍
오직 단 하나의
언어로만 속삭이니

사랑하라 사랑하라 사랑하라

여름을 지나
겨울로 가는 이여
가을이 오면
우리가 사랑을 하자

가을이 와도
사랑에 빠질 수 없다면
우리의 가을은 가을도 아닌 것

우리의 사랑은 사랑도 아닌 것
우리의 삶은 삶도 아닌 것이다

이제 곧 눈 덮인
겨울밤 찾아오려니
우리 함께 불가에 앉아
오직 단 하나의
언어로만 이야기하자

사랑하였노라 사랑하였노라 사랑하였노라

겨울 편지

부탁이 있다
첫눈처럼 찾아와다오
그리움으로 몇 번이고 하늘 바라볼 때
문득 내 가슴에 살포시 내려앉아다오

부탁이 있다
첫눈처럼은 오지 말아다오
닿자마자 흔적도 없이 사라져
찾아온 듯 아닌 듯 애태우지는 말아다오

부탁이 있다
첫눈처럼도 아닌 척 찾아와다오
내 한 번도 본 적 없는 큰 눈으로
무섭게 무섭게 폭설로 쏟아져다오

부탁이 있다
첫눈처럼이 아니라도 찾아와다오
봄날에야 내리는 마지막 눈처럼이라도
한 번은 약속이었다는 듯이 내 가슴에 다녀가다오

비 오는 날의 기도

비에 젖는 것을
두려워하지 않게 하소서

때로는 비를 맞으며
혼자 걸어가야 하는 것이
인생이라는 사실을 기억하게 하소서

사랑과 용서는
폭우처럼 쏟아지게 하시고
미움과 분노는
소나기처럼 지나가게 하소서

천둥과 번개 소리가 아니라
영혼과 양심의 소리에 떨게 하시고
메마르고 가문 곳에도 주저 없이 내려
그 땅에 꽃과 열매를 풍요로이 맺게 하소서

언제나 생명을 피워내는
봄비처럼 살게 하시고
누구에게나 기쁨을 가져다주는

단비 같은 사람이 되게 하소서

그리하여 나 이 세상 떠나는 날
하늘 높이 무지개로 다시 태어나게 하소서

눈 내리는 날의 기도

이 세상 살아가는 동안 누구에게나
첫눈처럼 기다려지는 사람이 되게 하소서

한 송이 한 송이씩 떨어지지만
이내 뭉쳐 하나가 되는 사람

세상의 모든 상처와 잘못을
깨끗함으로 덮어주는 사람

겨울의 깊고 어두운 밤마저
하얗게 빛으로 밝혀주는 사람

눈사람처럼 홀로 서 있어도
묵묵히 겨울바람을 이겨내는 사람

아이에게는 기쁨을 연인에게는 사랑을
어른에게는 추억과 행복을 가져다주는 사람

누군가 자신을 밟고 지나갈 때조차
뽀드득뽀드득 맑은 소리를 내는 사람

이 세상 떠나는 날 누구에게나

첫눈보다 아름다운 기억으로 남게 하소서

아침의 기도

오늘 하루
살아 숨 쉬는 것에 대한 감사의 마음이
아침햇살처럼 내 영혼의 하늘에 퍼지게 하소서

오늘 하루
살아 있는 모든 생명에 대한 사랑의 마음이
저녁노을처럼 내 영혼의 바다에 번지게 하소서

오늘 하루
순결한 삶에 대한 갈망이
여름비처럼 내 영혼의 들녘을 촉촉이 적시게 하소서

아침부터 밤까지 순간에서 영원까지
불꽃보다 뜨거운 삶의 열정이
겨울눈처럼 내 영혼의 대지를 은빛으로 뒤덮게 하소서

부부를 위한 기도

부끄럽게 하소서
내가 사랑했고
나를 사랑했던 사람에게
지지 않고 이기려 애쓰는 마음을

기뻐하게 하소서
내가 사랑했고
나를 사랑했던 사람의 뜻대로
인생의 크고 작은 일들이 결정되는 것을

용서하게 하소서
용서할 수 있는 것만이 아니라
용서할 수 없는 것까지
참사랑의 힘으로 용서하기를

사랑하게 하소서
지나간 추억이 아니라
살아 있는 고백으로
죽는 날까지 가슴 뛰며 사랑하기를

기도하게 하소서

내가 사랑하고

나를 사랑하는 사람을 위해

매일 아침 맑은 눈물로 기도하기를

사랑을 위한 기도

내가 사랑한 사람이
나를 사랑한 사람보다 많게 하소서

나를 사랑하는 사람보다
더 깊이 그를 사랑하게 하시고
나를 사랑하는 사람보다
더 오래 그를 사랑하게 하소서

나를 사랑하는 사람보다
더 뜨겁게 그를 사랑하게 하시고
나를 사랑하는 사람보다
더 순결하게 그를 사랑하게 하소서

어느 날 불현듯 나를 미워하더라도
흔들림 없이 그를 사랑하게 하시고
어느 날 불현듯 나를 잊어버리더라도
변함없이 그를 그리워하게 하소서

그리하여 누군가에게 사랑받으며 산 날보다
누군가를 사랑하며 산 날이 더 많게 하소서

그것이 자신의 영혼과 삶을

참사랑하는 하나뿐인 길임을

사랑 속에서, 오직 사랑의 힘으로 깨닫게 하소서

신년 축시 - 축복의 촛불을 밝히세

다시 시작해보아라
새해마다 신이 365개의 초를 건네주지만
촛불을 밝히는 건 오직 우리의 할 일

첫날은 감사의 촛불로 시작하세
어떤 사람은 미처 선물을 받지 못한 채
아쉬움과 후회 속에 먼저 세상을 떠나갔다네

둘째 날에는 용기의 촛불이 좋으리
인생이란 촛불이 바람에 꺼지지 않도록
역경과 시련에 맞서 우리 힘껏 싸워 이기세

셋째 날에는 희망의 촛불을
넷째 날에는 열정의 촛불을
다섯째 날에는 사랑의 촛불을

마지막 날에는 다시 한 번 감사의 촛불을 밝히세
어떤 사람은 모든 초를 켜보지도 못한 채
슬픔과 한탄 속에 먼저 세상을 떠나갔다네

새해마다 신이 365일을 선물로 건네주지만

어떻게 사용할지는 오직 우리의 책임

언제나 웃고 기뻐하며 하루하루 축복의 촛불을 밝히세

새해

소나무는 나이테가 있어
더 굵게 자라고
대나무는 마디가 있어
더 높게 자라고
사람은 새해가 있어
더 곧게 자라는 것

꿈은 소나무처럼
푸르게 뻗고
욕심은 대나무처럼
가볍게 비우며
새해에는 한 그루
아름드리 나무가 되라는 것

2월 예찬

이틀이나 사흘쯤 더 주어진다면
행복한 인생을 살아갈 수 있겠니

2월은 시치미 뚝 떼고
빙긋이 웃으며 말하네

겨울이 끝나야 봄이 찾아오는 것이 아니라
봄이 시작되어야 겨울이 물러가는 거란다

4월이 오면

365일 언제나
어머니에게는 만우절이었다

-나는 배부르단다 어서 많이 먹어라

세상에서 가장 아름다운 거짓말
4월에는 한마디쯤 하며 살아야겠네

-어머니, 꽃잎만 먹으며 한세상 곱게 살겠습니다

5월의 말씀

부모에게 더 바라지 말 것
낳아준 것만으로도
그 은혜 갚을 길 없으니

자식에게 더 바라지 말 것
태어나준 것만으로도
그 기쁨 돌려줄 길 없으니

남편과 아내에게 더 바라지 말 것
생의 동행이 되어준 것만으로도
그 사랑 보답할 길 없으니

해마다 5월이면
신록 사이로 들려오는 말씀
새잎처럼 살아라 새잎처럼 푸르게 살아라

자신에게 더 바랄 것
지금까지 받은 것만으로도
삶에 감사하며 살겠노라고

7월의 시

신도 아시는 게다
이때쯤이면 새해를 맞으며
정성껏 칠한 마음속 무지갯빛 꿈이
반쯤 벗겨진다는 걸

잊지 말라고
벌써 반이 지났다고
희망과 열정으로 다시 덧칠하라고
7월이다

일곱 번 쓰러져도
여덟 번 일어나면 된다고
일 년에 한 번밖에 만나지 못하는
견우와 직녀도 결코 포기하지 않는다고
우리의 꿈과 사랑을
무지갯빛으로 다시 덧칠하라고
7월이다

8월의 기도

나의 잎을 무성하게 하소서

더욱 넓은 그늘로
지친 사람들을 쉬게 하시고
더욱 높은 우듬지로
어린 새들을 지켜주소서

눈물 흘리는 이를
나의 가슴에 기대게 하고
먼 나라를 꿈꾸는 이를
나의 어깨에 올라서게 하소서
사랑하는 연인들에게는
나의 머리 위로 뜨는
고요한 별들을 바라보게 하소서

이제 곧 나의 빛이 바랠 것을 압니다
슬픔 없는 따뜻한 이별을 허락하소서

영원한 잠에 드는 날에도
8월의 태양을 잊지 않으리니

내 마지막 녹음의 노래를

시들지 않고 더욱 푸르게 하소서

9월의 기도

9월에는
떠나간 사람들이
발걸음을 돌려
다시 돌아오게 하소서

9월에는
떠나온 사람들에게
발걸음을 돌려
다시 돌아가게 하소서

이 세상을 살아가는 동안
다시 돌아올 사람도 없고
다시 돌아갈 사람도 없는
9월이 찾아오면
나를 당신에게로 돌아가게 하소서

그러나 당신은 사랑의 신,
아직은 여름인 내 심장에 가을을 주어
다시 나를 돌아가게 하소서

나의 영혼이 나에게 돌아오고
내가 나의 영혼에게 돌아가는
9월의 첫날로

10월 예찬

생生에는
서성거려도
좋을 때가 가끔 있지

10월은
늘 그렇다네

12월의 기도

12월에는
맑은 호숫가에 앉아
물에 비친 얼굴을 바라보듯
지나온 한 해의 얼굴을 잔잔히 바라보게 하소서

12월에는
높은 산에 올라
자그마한 집들을 내려다보듯
세상의 일들을 욕심 없이 바라보게 하소서

12월에는
넓은 바닷가에 서서
수평선 너머로 떠나가는 배를 바라보듯
사랑과 그리움으로 사람들을 바라보게 하소서

12월에는
우주 저 멀리서
지구라는 푸른 별을 바라보듯
내 영혼을 고요히 침묵 속에서 바라보게 하소서

그리고 또 바라보게 하소서
칠흑 같은 어둠 속에서
홀로 타오르는 촛불을 바라보듯
내가 애써 살아온 날들을 뜨겁게 바라보게 하소서

그리하여 불꽃처럼 살아가야 할 수많은 날들을
눈부시게 눈부시게 바라보게 하소서

12월 31일의 기도

이미 지나간 일에 연연해하지 않게 하소서
누군가로부터 받은 따뜻한 사랑과
기쁨을 안겨주었던 크고 작은 일들과
오직 웃음으로 가득했던 시간들만 기억하게 하소서

앞으로 다가올 일을 걱정하지 말게 하소서
두려움이 아니라 가슴 벅찬 희망으로
불안함이 아니라 가슴 뛰는 설렘으로
오직 꿈과 용기를 갖고 새로운 한 해를 뜨겁게 맞이하게 하
소서

조금 더 지혜로운 사람으로 살게 하소서
바쁠수록 조금 더 여유를 즐기고
부족할수록 조금 더 가진 것을 베풀고
어려울수록 조금 더 지금까지 이룬 것을 감사하게 하소서

그리하여 삶의 이정표가 되게 하소서
지금까지 있어왔던 또 하나의 새해가 아니라
남은 생에 새로운 빛을 던져줄 찬란한 등대가 되게 하소서

먼 훗날 자신이 걸어온 길을 뒤돌아볼 때
"그 때 내 삶이 바뀌었노라" 말하게 하소서
내일은 오늘과 같지 않으리니
새해는 인생에서 가장 눈부신 한 해가 되게 하소서

푸르른 날엔 푸르게 살고 흐린 날엔 힘껏 산다

초판 1쇄 발행 2024년 10월 10일

지은이 양광모
펴낸이 김선기
펴낸곳 (주)푸른길
출판등록 1996년 4월 12일 제16-1292호
주소 (08377) 서울시 구로구 디지털로 33길 48 대륭포스트타워 7차 1008호
전화 02-523-2907, 6942-9570~2
팩스 02-523-2951
이메일 purungilbook@naver.com
홈페이지 www.purungil.co.kr

ISBN 979-11-7267-016-0 03810